七言藏头字谜

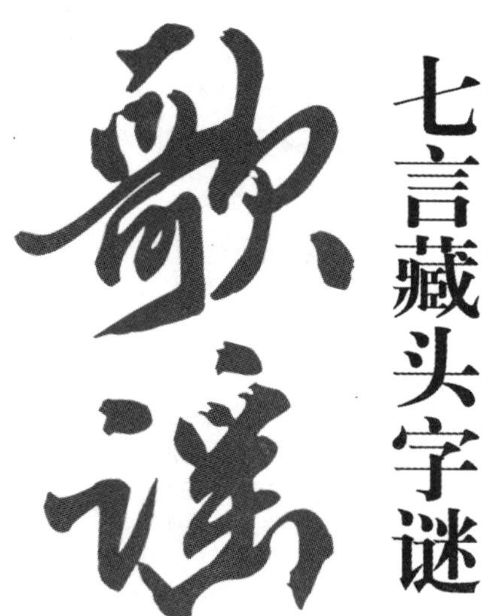

300首

QIYAN CANGTOU ZIMI GEYAO 300 SHOU

梁镇海◎著

中国纺织出版社有限公司
国家一级出版社
全国百佳图书出版单位

内 容 提 要

本书是一部原创七言藏头字谜歌谣集，收入原创歌谣365首，取其整数，名曰《七言藏头字谜歌谣300首》。本书语言流畅、通俗易懂、朗朗上口，其内容广泛，贴近生活，展现出丰富多彩的时代风貌。本书趣味盎然，老少咸宜，是增加正能量的民间文学之花。字谜歌谣三百首，首首如花满枝头，枝头花香蜂蝶来，蜂蝶飞舞春色稠。

图书在版编目（CIP）数据

七言藏头字谜歌谣300首 / 梁镇海著. -- 北京：中国纺织出版社有限公司，2020. 10（2025. 1 重印）
ISBN 978-7-5180-7836-3

Ⅰ. ①七… Ⅱ. ①梁… Ⅲ. ①谜语—汇编—中国 Ⅳ. ① I277. 8

中国版本图书馆CIP数据核字（2020）第172831号

责任编辑：顾文卓　　责任校对：高　涵　　责任印制：储志伟

中国纺织出版社有限公司出版发行
地址：北京市朝阳区百子湾东里A407号楼　邮政编码：100124
销售电话：010—67004422　传真：010—87155801
http://www.c-textilep.com
中国纺织出版社天猫旗舰店
官方微博 http://weibo.com/2119887771
永清县晔盛亚胶印有限公司印刷　各地新华书店经销
2020年10月第1版　2025年1月第2次印刷
开本：880×1230　1/32　印张：6
字数：86千字　定价：65.00元

前 言

PREFACE

这是谜海中新绽放的一朵小花。

这是一本原创七言藏头字谜歌谣集。

本书收录了原创歌谣365首，因每年365天，每天一首，取其整数，名曰：《七言藏头字谜歌谣300首》。

七言藏头字谜歌谣并不多见。我们搜集了数十本谜书，目前才找到三首。

其一为："才高胜孔明用计，口多赛王婆骂鸡，力大如武松打虎，刀快似宋江杀妻。"谜底为"捌"字。（《谜语全书》，江西人民出版社，1982年2月版，164页）

其二为："一点忠心诸葛亮，三战吕布周关张，口说无凭司马懿，十大功劳赵云将。"谜底为繁体的"計"字。（《中国谜语大全》，王仿编，上海文艺出版社，1983年10月版，531页）

其三为："十天会毕返回乡，八里路上好风光，大豆满粒谷穗好，可望丰收卖余粮。"谜底为"椅"字。（《谜语大观》，肖艺农编，中国物资出版社，1987年12月版，92页）

这三首歌谣都没有题目。

本书的每首歌谣都有题目，有文有题。每一则歌谣字谜包括题目、谜面和谜底三个部分。一个个寻常的方块字，在一首首字谜歌谣中汇成了一幅幅形象的图画。

什么是藏头诗呢？简要地说，"藏头"就是把所要表达内容的每个字藏在每句诗的开头，每句诗的第一个字连起来读，就是作者要表达的意思，这样的小诗就是藏头诗。

那么，怎么猜藏头歌谣字谜呢？字谜的答案就藏在歌谣每个句子开头的第一个字里，按先后顺序组合起来，这就成了谜底要猜的字。例如，本书有一首题为《金色年华》的歌谣："金色年华最珍爱，日日苦练不懈怠，四方取经吸众长，又破陈规出新彩。"开头四个字为"金、日、四、又"，按先后顺序组合可得"镘"字。

本书歌谣每首均为四句，每句七个字，逢一、二、四句末字押韵。歌谣句子力求畅达，通俗易懂。运用了比喻、拟人、夸张、对偶、排比、顶针、引用等多种修辞手法，使文句生动有趣，引人入胜。

每一首歌谣尽量突出一个镜头，一个画面，一个主题。内容力求群众喜闻乐见，体现群众的美好愿望，例如《十全十美》："十全十美人人爱，八方财源滚滚来，四通八达线路畅，方方面面尽出彩。"谜底为"楞"字。体现了群众追求完美，财源广进，交通畅达，样样出彩的美好理想。又如《上清华》："金榜题名上清华，立志当个科学家，日夜竭力苦钻研，心里装的是华夏。"谜底为"镱"字。歌谣表达了群众渴求文化科学，为实现中国梦而竭尽全力的良好愿望。

这本歌谣内容丰富多彩，涉及面广。有富强、文明、和谐、爱国、敬业、诚信、友善等方面的内容；有国防、科技、文化、教育、卫生等方面的画面；有工业、农业、商业、交通运输方面的风景；有花繁叶茂，草长木荣，日月星辰，江河大地；有火红青春，壮志热血，开拓进取，埋头苦干，戮力同心，共筑美丽中国梦……

字谜歌谣三百首，首首如花满枝头，枝头花香蜂蝶来，蜂蝶飞舞春色稠。此书或许可以说是谜海中新绽放的一朵小花吧，愿她一花引来万花开！

在此，我要特别感谢陈月焕、梁光洁、梁光兰、梁光虹、何卫国、蒋勇、何浩恺，感谢他们对我创作这本书的大力支持和帮助，感谢他们付出的辛勤劳动！

著　者

2019 年 9 月

目录
CONTENTS

001　点赞中国

中国人民站起来，
一路腾飞富起来，
点睛巨龙强起来，
工力非凡崛起来。

002　望眼开

木棉挺拔入云海，
上有百鸟朝凤来，
小康生活步步高，
又踏层峰望眼开。

003 看主峰

横如长江卧蛟龙，
撇似巨壁傲苍穹，
万山磅礴看主峰，
力大无穷同圆梦。

004 友善

中华民族讲友善，
一言一行礼在先，
点点细节有讲究，
善良美德代代传。

谜底：　001 虹　002 椒

005　收割忙

禾稻金黄翻波浪，
十里乡村收割忙，
一心脱贫奔小康，
口唱赞歌感谢党。

006　智无穷

中华民族智无穷，
一切奇迹创造中，
点滴成就不满足，
国家强大气势雄。

007 共筑中国梦

立志共筑中国梦，
早早练好基本功，
文武双全为报国，
贡献青春耀彩虹。

008 巨龙腾飞

草丰马奔疾如风，
水深鱼跃波浪涌，
巨龙腾飞惊天外，
木棉挺拔气势雄。

谜底：　003 励　004 蟮　005 秸　006 蝈

009 上清华

金榜题名上清华，
立志当个科学家，
日夜竭力苦钻研，
心里装的是华夏。

010 笔走龙蛇

草书笔走龙蛇腾，
句句字字力千钧，
文章挥洒气磅礴，
言真意切泣鬼神。

011　真心

章法严谨铸铁魂，
文如其人见真心，
贡献青春为强国，
心里装的是人民。

012　桃花源

十里绝世桃花源，
八方游客最眷恋，
土生土长土特产，
土房土楼土瓦砖。

谜底：007 赣　008 蕖　009 镱　010 警

013 花市

人行花市画廊中，
十里花街笑春风，
口哼小曲心花放，
文明花开春更浓。

014 美景

鱼跃鸢飞乐悠悠，
日照大地暖心头，
四时美景看不尽，
又下江湖荡扁舟。

015 月落

月落乌啼霜满天，
西江渔火对愁眠，
二月城外寒山寺，
小楼钟声到客船。

016 青蛙

西河有只大青蛙，
一生就爱讲大话，
口吹牛皮不要本，
王婆卖瓜总自夸。

谜底：011 戇（zhuàng） 012 桂 013 做 014 鳗

017 十全十美

十全十美人人爱，
八方财源滚滚来，
四通八达线路畅，
方方面面尽出彩。

018 谜

手提一本谜语书，
口吟七言字谜诗，
一步猜中一个谜，
一生是个谜语痴。

019　革故鼎新

水流千转归大海，
雨露滋润百花开，
革故鼎新结硕果，
月中嫦娥也喝彩。

020　雀跃

木楼雕花又刻凤，
小鸟鸣唱又兜风，
一湾溪水随柳绿，
儿童雀跃画屏中。

谜底：015 膘　016 醒　017 楞（léng）　018 担

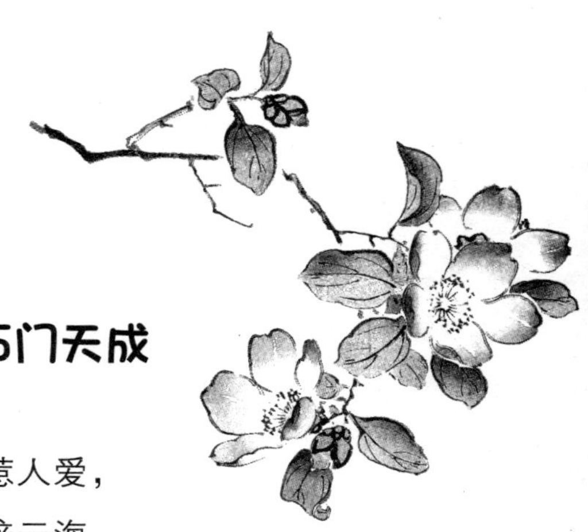

021　石门天成

草色青青惹人爱，
广袤大地接云海，
林间曲径通幽处，
石门天成妙也哉！

022　贝壳美

竹子挺拔立山间，
中间连着几重山，
一条银带海岸铺，
贝壳瑰丽满海滩。

023 口碑载道

草长草茂花常开，
水奔水流河常在，
文章魁首一枝花，
口碑载道传万代。

024 情依依

水边杨柳情依依，
草色青青分外美，
两情相悦难舍弃，
心儿永远在一起。

谜底：019 灞（bà） 020 桄 021 蘑 022 篑（kuì）

025　精耕

人勤春早唱春歌，
口技引得百鸟和，
木雕细刻飞凤凰，
土地精耕结硕果。

026　斤斤计较

立志投身学举重，
十年苦练过硬功，
八方取经采众长，
斤斤计较不放松。

027 磨砺

金曲唱罢掌声响，
人生磨砺才闪亮，
一举成名天下知，
口占佳句齐赞扬。

028 迷人

山川景色总迷人，
立在山头看行云，
日照山头春日暖，
十丈瀑布飞白银。

谜底：023 落　024 滤　025 堡　026 新

029　开新篇

木棉花开红满天，
人生七十开新篇，
七星高照长寿路，
十全十美喜连连。

030　牛人

心想事成想得周，
角逐市场有计谋，
刀具产品好更好，
牛人办事牛上牛。

031　客如云

广招天下众客商，
人口稠密经济强，
寸金铺位客如云，
肉行旺盛货流畅。

032　百花艳

水流悠悠载轻舟，
白云飘飘绕山头，
方圆十里百花艳，
文明乡村人爱游。

谜底：027 铪　028 嶂　029 桦　030 懈

033　豪杰

草木繁茂绿无涯，
米酒飘香乐万家，
女中豪杰气凛然，
文武双全锦添花。

034　腾飞

水足种田田更美，
草茂牧羊羊更肥，
日照时长利生长，
大众一心快腾飞。

035 乡恋

草长鹭飞蓝天亮，
广场地铁歌湖靓，
林绿花红百鸟鸣，
非常眷恋我家乡。

036 百鸟鸣

草浓树密水清清，
十里山村百鸟鸣，
口唱一曲千山应，
月出东山万里明。

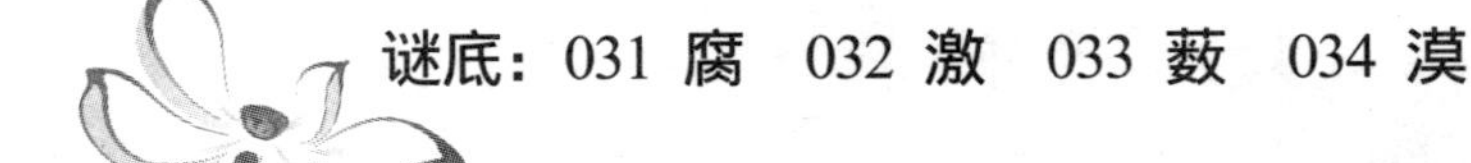

谜底：031 腐 032 激 033 薮 034 漠

037　马欢鱼跃

马欢鱼跃百花艳，
人歌灯舞万车转，
七彩大街繁华夜，
十方八面笑声传。

038　一草一木

水清草茂万鱼行，
木荣花香百鸟鸣，
日照云浮风儿柔，
一草一木总关情。

039　田园

虫飞蜓翔蝶翩翩，
一片花海景万千，
口哼小曲心里乐，
田园生活如蜜甜。

040　元宵

水流清清盘山绕，
日落月出淡云飘，
四时风景看今夜，
又是一年闹元宵。

谜底：035 **蘼**（mǐ）　036 **葫**　037 **骅**　038 **渣**

041　把酒临风

草长莺飞逢时雨，
日子过得甜蜜蜜，
四方好友来相聚，
又到把酒临风时。

042　金色年华

金色年华最珍爱，
日日苦练不懈怠，
四方取经吸众长，
又破陈规出新彩。

043　心

女子练功有决心，
日日苦练有耐心，
四季不停有恒心，
又拜师父有诚心。

044　示范村

草长树荣白鹭飞，
水清河深鳜鱼肥，
西溪十里花似锦，
示范乡村人称美。

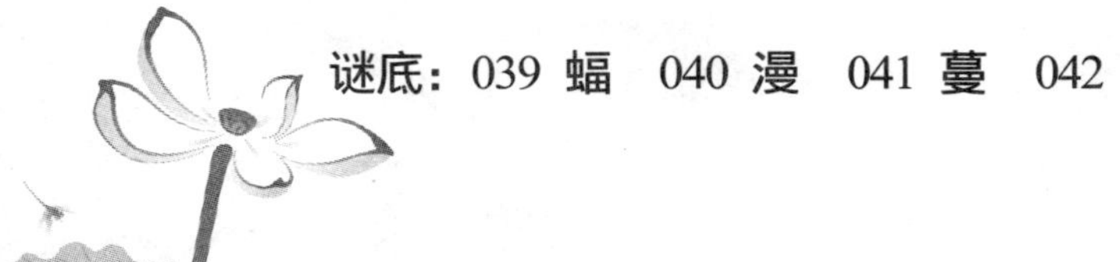

谜底：039 蝠　040 漫　041 蔓　042 镘

045　通

十座大桥同飞架，
日日货运通万家，
十条高速同竣工，
月月客运通天下。

046　草原之夜

月光皎洁照大地，
草原夜色分外美，
日夜思念意中人，
大家相见情依依。

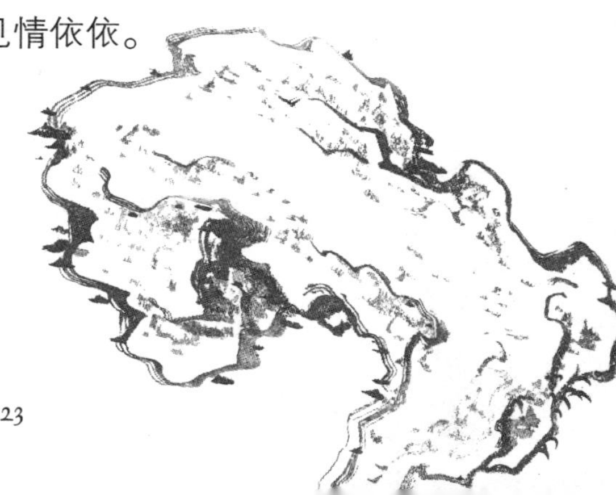

047　阳光

草茂竹密黄鹤飞，
土肥地广山色美，
八方游客醉入迷，
文明阳光照大地。

048　聚宝盆

草青树绿花盛开，
一方盆地广如海，
由来已久聚宝盆，
八方财源滚滚来。

谜底：043 **嫚**　044 **藫**　045 **朝**　046 **膜**

049　人生路

口琴奏出人生路，
人生道路无坦途，
七弯八拐多风雨，
十倍努力可飞渡。

050　破除难关

金色年华莫虚度，
人生奋进迈大步，
七沟八梁可跨越，
十万难关能破除。

051　倒影

水清河静满倒影，
木棉倒影喜盈盈，
木楼倒影亭亭立，
月亮倒影伴星星。

052　润

水润万物细无声，
日照万物留倩影，
共话当年甜蜜事，
水天相隔更多情。

谜底：047 菱　048 黄　049 哗　050 铧

053　青春

火红青春力无穷，
日夜思索爱劳动，
共建小康谋发展，
水陆空铁路路通。

054　绝技

十年苦练从不停，
八方求师增本领，
人间绝技掌握好，
王者归来喜盈盈。

055　走正道

口心一致心铿亮，
人生道路用脚量，
一生不走歪邪道，
口碑载道万年长。

056　草茂

草茂树荣绿葱葱，
人在山水画廊中，
十里荷花别样红，
八方游客迷芳丛。

谜底：051 潸（shān）　052 瀑　053 爆　054 栓

057　相亲

一枝红杏春意闹，
十枝桃花同喝彩，
一群小鸟花间舞，
争相示好相亲爱。

058　立志

一条大江千帆渡，
土地广阔任举步，
立志攀爬登高峰，
早早谋划绘宏图。

059　各显神通

一花引来万花开，
十面蜂蝶纷纷来，
一条改革开放路，
各显神通放异彩。

060　双飞燕

一座小桥双飞燕，
人行小桥悠悠然，
点点春雨知时节，
心潮逐浪高于天。

谜底：055 哈　056 茶　057 琤　058 璋

061　奇迹

一条高铁万山通，
十条高速赛长龙，
一笔画出新世界，
奇迹就在我手中。

062　行动

一个行动胜百言，
十个行动胜万千，
一生做事重行动，
行动在先永向前。

063　走

一步一步走天涯，
十万里路不算啥，
一生走路乐无穷，
爱心献给大中华。

064　好家风

一点一滴都珍重，
十倍努力为繁荣，
一生友爱和为贵，
代代相传好家风。

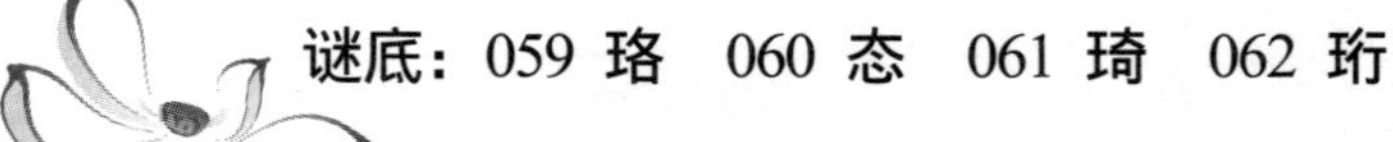

谜底：059 珞　060 态　061 琦　062 珩

065 撸袖干

一言为定决心干，
十天半月不下鞍，
一撸袖子干到底，
干得大地换新颜。

066 分秒必争

一分一秒不可少，
十分百分不能丢，
一年三百六十五，
分秒必争竞折腰。

067 见微知著

一条微缝莫等闲，
十条大缝就难办，
一点细末要留意，
见微知著防祸患。

068 西江

西江河水滚滚流，
一叶小舟浪里头，
草丰鱼肥捕不完，
全家老少乐悠悠。

谜底：063 瑷 064 玳 065 玕（gān） 066 玢

069　西湖

西湖荷花别样红，
一条苏堤千古颂，
古桥不老倒影美，
月洒西湖碧波动。

070　步步高

西村选出好领导，
一心团结干得好，
日子越过越红火，
生活富足步步高。

071 合力

西岭太阳下山边，
一群恶狼村里窜，
八方合力猛围打，
刀枪剑戟把狼歼。

072 真情

西园小区扬美名，
一园春色最文明，
文明言行人人爱，
口心一致见真情。

谜底：067 现　068 醛　069 醐　070 醒

073 虾

一只虾公往上爬，
十只虾公后面骂，
一个小鸟来觅食，
几只鸭子争食虾。

074 山花

山花烂漫春色美，
木棉伟岸更威姿，
日出红霞绘新图，
一曲欢歌一行诗。

075　花草吟

山中花草细细吟，
十年光阴难再寻，
一寸光阴一寸金，
寸金难买寸光阴。

076　榕树

水边榕树叶青青，
上有蝉儿枝间鸣，
小鸟也来凑热闹，
又有蝴蝶舞不停。

谜底： 071 **酚**　072 **酪**　073 **玑**　074 **嵖**

077 万古流

鱼随江河万古流，
文明花开人长久，
十百千载同携手，
八方四海铺锦绣。

078 登山

人闲漫步且登山，
十棵古树入云间，
八块巨石造型美，
鸟飞涧流花灿烂。

079　雨

雨洒芭蕉叶葱茏，
木棉逢春花正红，
目送亲人远行去，
鸟儿难舍情意浓。

080　千山花开

千山花开春意浓，
八方蜜蜂觅芳踪，
火红木棉红满天，
鸟立枝头沐东风。

谜底：075 峙　076 淑　077 鲦　078 鸺

081 鱼跃龙腾

鱼跃龙腾不停歇，
千山万水齐跨越，
八方探矿为国家，
火红青春耀日月。

082 万山青

八方乡村建新屋，
人人相聚话幸福，
口吟一曲千山应，
鸟鸣一声万山青。

083 亭中

水秀山清美名扬，
公孙亭中写文章，
习习清风心神爽，
习书习字兴味长。

084 杉松油茶枫

十亩杉树一亩松，
一亩松树入苍穹，
十亩油茶一亩枫，
一亩枫叶红彤彤。

谜底： 079 **羁**　080 **鸶**　081 **鳅**　082 **鸽**

085　育新稻

土产大米口口香，
口香米饭吃又想，
干群合力育新稻，
一等大米抢市场。

086　夫妻和睦

手脚勤快同持家，
夫妻携手同策划，
夫妻和睦家业兴，
车子房子钱不差。

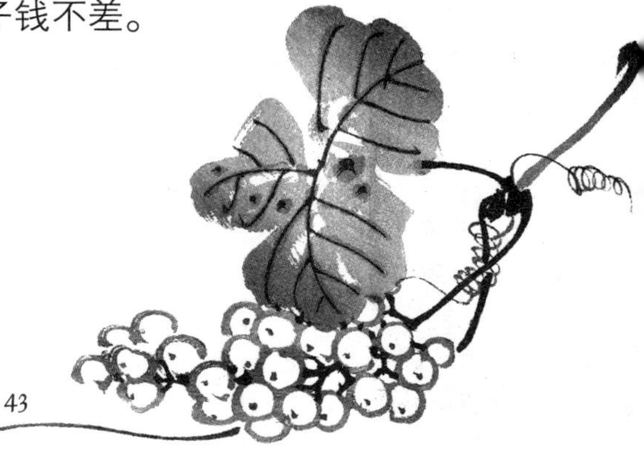

087 手掩柴扉

手掩柴扉门半开，
门外有人要进来，
文人雅士进了门，
口若悬河惊四海。

088 肩并肩

手拉手来肩并肩，
丰收时节喜连连，
刀子磨快好割禾，
大众欢笑乐无边。

谜底：083 滃（①wěng②wēng） 084 圭
085 埕（chéng） 086 撵（niǎn）

089　走天下

十条鲤鱼八只蟹，
八只螃蟹爱打架，
十只山羊八匹马，
八匹骏马走天下。

090　乐逍遥

车如流水马如龙，
三条大街人潮涌，
人欢人笑人人爽，
天乐地乐乐无穷。

091　日日新

四时景色日日新，
一年更是大变频，
人人努力手牵手，
电网高挂穿云层。

092　千行诗

木棉花开一片红，
三山五岳沐春风，
人伴春舞千行诗，
禾苗万顷碧无穷。

谜底：087 搁　088 揳（xiē）　089 林
090 辏（còu）

093　勇担当

人忙种地不能忘，
土地精耕庄稼旺，
十倍努力多流汗，
一生一世勇担当。

094　鬼斧神工

千锤万凿细加工，
八方名匠建奇功，
女士男士齐赞曰：
鬼斧神工登高峰！

095 坚守边防

一心一意守边防，
十年春秋历风霜，
一举歼灭来犯敌，
不许恶狼逞疯狂。

096 水流清清

水流清清杨柳动，
十座小桥醉入梦，
口哼小曲过小桥，
月光如水夜溶溶。

谜底：091 罨（yǎn） 092 榛 093 佳 094 魏

097 口诛笔伐

虫有好坏要分清，
人对益虫爱心倾，
一切害虫要扫除，
口诛笔伐害人精。

098 赋诗

口大此字正相宜，
一马当先万马驰，
一方水土一方人，
儿童大人同赋诗。

099　赛龙舟

十条龙舟同决赛，
八方健儿齐聚来，
人欢人笑人如潮，
人歌人舞心花开。

100　种子

草长万年迎春来，
水流千转入大海，
文明种子播心中，
口歌一曲花绽开。

谜底：095 环　096 湖　097 蛤　098 园

101　鱼虾

十斤螃蟹八斤虾，
八斤龙虾肥又大，
十斤北流鸭塘鱼，
又有百斤哈密瓜。

102　香甜

一夜好雨洒满川，
二月杨柳绿满园，
人逢盛世醉东风，
日子越过越香甜。

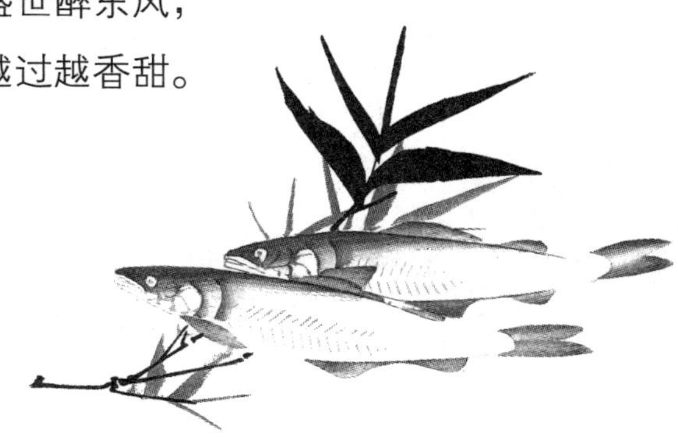

103 二十七条龙

水动龙腾翻江海，
九龙飞出云天外，
十龙奉命去治水，
八龙参加龙舟赛。

104 二十五点水

水珠忽从天上来，
七点落到屋檐外，
十点洒在屋顶上，
八点飞入妆镜台。

谜底：099 枞（①cōng②zōng） 100 落
101 枝 102 春

105 青山绿水

舟行青山绿水间，
几多游鱼上急滩，
又有白鹭登高枝，
木棉挺拔带笑颜。

106 一流风景

木雕奇巧夺天工，
又有石雕妙无穷，
十里长廊雕塑美，
一流风景大不同。

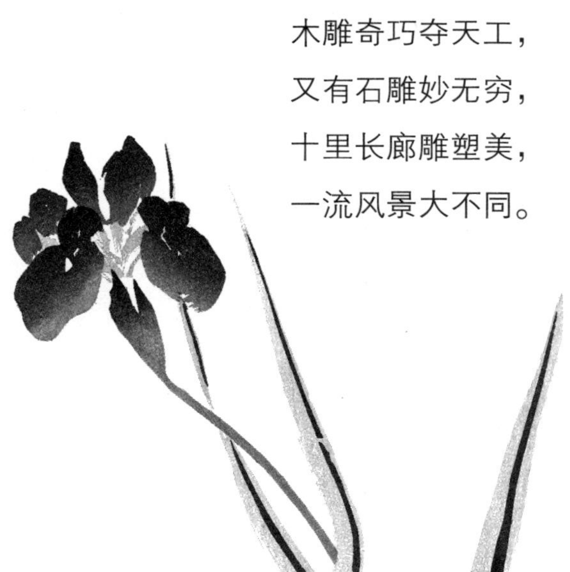

107 妙招

西风凛冽不怕冻，
一心夺冠下苦功，
日日训练有妙招，
比赛胜券握手中。

108 人心齐

水润山川百花放，
三水汇合成大江，
人人齐心出大力，
禾苗万顷格外壮。

谜底：103 染 104 柒 105 槃（pán）
106 柽（chēng）

109　千山万水

千山万水总踏遍，
八方大地捷报传，
火红青春献祖国，
心雄志壮谱新篇。

110　占鳌头

十年锤炼苦追求，
一朝登台显身手，
口唱一曲惊四座，
力压群芳占鳌头。

111 慎言

一生说话要慎言，
十分谨慎讲分寸，
一句恶言六月寒，
良言一句三冬暖。

112 一心为国

心比天高志向远，
日夜坚守边防线，
一心为国作贡献，
十风九雨斗志坚。

谜底：107 醌 108 溱 109 愁 110 劼（jié）

113 点滴

点滴时间要珍惜，
一寸光阴一寸璧，
十年点滴千千万，
一生点滴万万亿。

114 文物

点滴汗水湿透身，
点滴心血都耗尽，
木雕文物成珍宝，
公家物件总宜珍。

115　腾云驾雾

点点山峰眼前飞，
点点白云多奇趣，
一列高铁如闪电，
人似腾云驾雾里。

116　好点子

点子出得确领先，
厂方采用硕果现，
十分感谢再献计，
又有创新再向前。

谜底： 111 琅　112 悍　113 主　114 凇

117　点蜡烛

点燃蜡烛读诗文，
点亮心中一盏灯，
一心一意攀高峰，
二姐学习最用功。

118　星云月

解释春风无限恨，
中天夜月尽开心，
一抹浮云追明月，
点点星星追浮云。

119 眠

人闲垂钓碧溪边，
一行白鹭上青天，
一叶扁舟水中漂，
小桥卧波静静眠。

120 风景线

人观三道风景线：
一条公路入云端，
一条高铁穿山过，
一座大桥跨江面。

谜底： 115 头　116 庋（guǐ）　117 兰　118 蟹

121　牵挂

人在外乡倍思家，
一天到晚总牵挂，
人拨手机报平安，
电话一通乐开花。

122　引凤

人行西岭树林中，
西岭林中植梧桐，
十万梧桐引凤凰，
八千凤凰栖梧桐。

123 崇敬

木棉花开迎英雄，
一颗红心为群众，
人对英雄最崇敬，
可歌可泣人称颂。

124 智慧无穷

厂家大力搞革新，
一律使用机器人，
人类智慧无穷尽，
点点滴滴总先进。

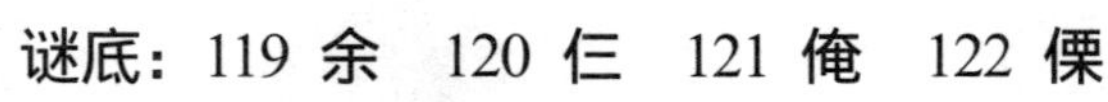
谜底：119 余 120 仨 121 俺 122 倮

125　祥云

中天祥云一片片，
一行白鹭上青天，
点点春雨润大地，
原野着笔赋诗篇。

126　春意浓

吹面不寒杨柳风，
十条大街春意浓，
口岸兴隆繁华地，
八方客货尽畅通。

127　如花

点点流萤点点星，
点点星星闪闪明，
口岸公园儿童乐，
儿童如花笑盈盈。

128　方

方方面面走在前，
方圆百里美名传，
十万候鸟栖息地，
一个生态模范村。

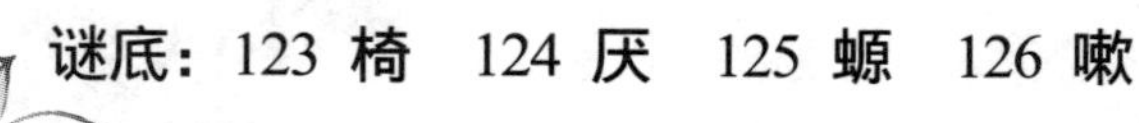
谜底：123 椅　124 厌　125 螈　126 嗽

129 比拼

干字当头淌汗水，
一天到晚不喊累，
日日训练大长进，
比拼力胜王牌队。

130 同富裕

石山凿通变坦途，
土产特产有销路，
十倍增长收入大，
一村生活同富裕。

131 美食

食在广州真不错，
中国美食花样多，
一年三百六十五，
点点美食甜心窝。

132 时间

金贵不如时间贵，
日夜时光不停滞，
四时光阴倍珍惜，
又出新果有作为。

谜底：127 况　128 堃（kūn）　129 琨　130 硅

133 望月亭

人站江畔望月亭，
一轮秋月水中明，
月中桂树永不老，
刀砍不入万年青。

134 舟行画廊

手把船桨轻轻摇，
舟行画廊慢慢漂，
几处早莺争暖树，
又见桃花分外娇。

135　山重重

水流弯弯山重重，
厂房隐在丛林中，
白云朵朵飘峰巅，
小鸟欢唱沐春风。

136　自得其乐

千山万水望无边，
口唱情歌意缠绵，
自得其乐何其乐，
心似蜜甜何其甜。

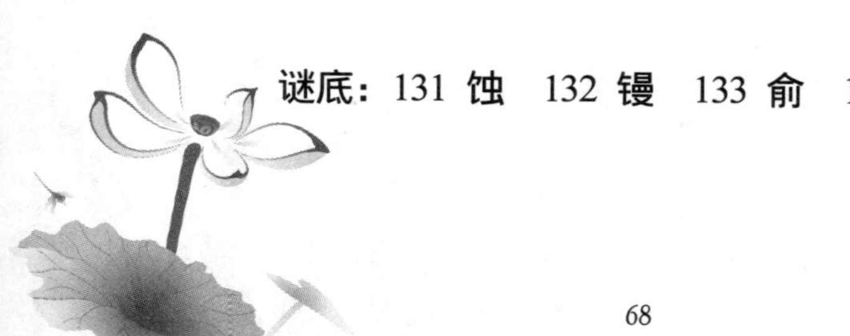

谜底： 131 **蚀**　132 **镘**　133 **俞**　134 **搬**

137　歼敌

千里万里雷电闪，
口喝一声把敌歼，
立志报国全无敌，
十万军中捷报传。

138　二泉映月

木棉花开带笑颜，
木已成舟水中行，
二泉映月云倒影，
小桥流水人凭栏。

139 大喜过望

水源充足米粮川，
草长树荣绿满天，
日照长时庄稼旺，
大喜过望乐丰年。

140 可歌可泣

口令发出迅雷动，
草藏恶魔收网中，
人民警察为人民，
可歌可泣人称颂。

谜底：135 **源**　136 **憩**　137 **辞**　138 **禁**

141　笛子

口吹笛子曲儿美，
小羊白云同嬉戏，
一曲赞歌飘草原，
儿女父母尽欢喜。

142　春韵

人勤手快春光妙，
二泉喷水鱼跃跳，
小康日子甜蜜蜜，
田间农舍分外娇。

143 千帆过

女郎盼夫登高坡，
雨水蒙蒙湿花朵，
木楼无声静悄悄，
目不转睛千帆过。

144 山高入云

石山高耸入云天，
木屋建在悬崖边，
日月星辰可捉摸，
一条瀑布挂川前。

谜底： 139 **漠**　140 **嗬**　141 **咣**　142 **畲**（shē）

145 风雨兼程

西溪流水盈情意，
二月春风裁绿衣，
小时足迹难追寻，
风雨兼程千万里。

146 人归晚

舟行青山绿水间，
几只白鹭忙往还，
又见群鱼翔浅底，
石桥垂钓人归晚。

147　足迹

月亮光光捉迷藏，
小孩游戏最痴狂，
一生走过千万里，
儿时足迹最难忘。

148　贝雕

水流淙淙飞浪花，
中天白云如奔马，
一座亭子眼前立，
贝雕艺术成一家。

谜底：143 孀　144 碴（chá）　145 飘　146 磐

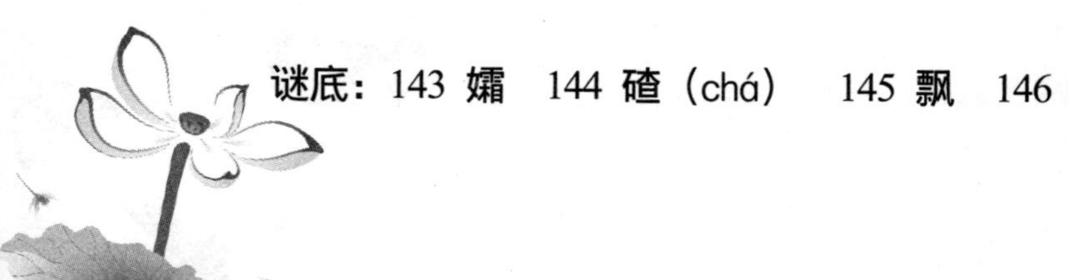

149 万象新

衣着光鲜去踏春，
林间花香百鸟吟，
二月春风似剪刀，
小叶裁出万象新。

150 瓜果满棚

西园种豆又种瓜，
二楼也有瓜藤爬，
小孩帮妈摘瓜果，
瓜果满棚乐哈哈。

151　红火

月到中秋分外明，
草原长空万里静，
日子越过越红火，
大唱赞歌享太平。

152　大江奔流

水入东海有源头，
草色两岸铺锦绣，
日出江花红胜火，
大江奔流永不休。

谜底：147 胱　148 溃　149 襟　150 瓢

153　守边卡

草稀路陡沙石塌，
日烈人强守边卡，
大风大雨何所惧，
力量竭尽为国家。

154　月出东山

月出东山淡淡光，
立在窗前把月望，
日夜盼望亲人归，
心如轮转月光寒。

155　遇贵人

厂里相逢遇贵人，
口音听来是乡亲，
小酌一杯话桑麻，
月光如水沁人心。

156　晚会

厂旁广场开晚会，
口技高超令人醉，
山风吹拂送凉意，
山峰耸立浑欲睡。

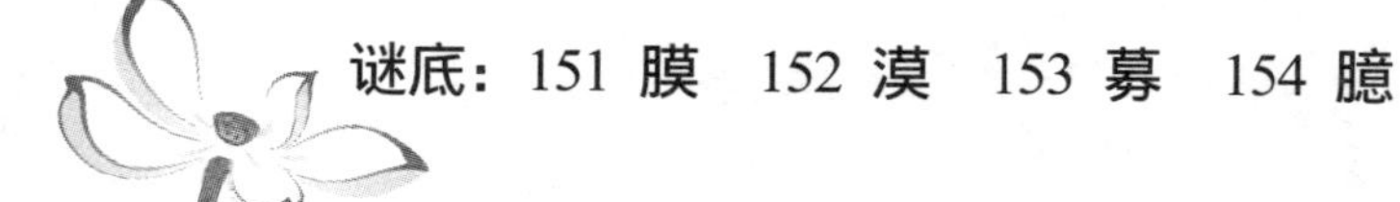

谜底：151 膜　152 漠　153 募　154 臆

157　早脱贫

土生土长本地人，
立志全村早脱贫，
日夜挥鞭催骏马，
儿童献计共奋进。

158　寻厂

足迹遍踏寻厂家，
厂家就在山脚下，
豆腐优质名声扬，
寸寸卖得好价码。

159 探索

医学专家探无穷，
几多难题解答中，
又有小鹰展翅飞，
羽翼丰满傲苍穹。

160 车水马龙

车水马龙春意浓，
一幅年画入眼中，
口唱赞歌万家乐，
田园草绿百花红。

谜底：155 硝　156 础　157 境　158 踬

161 口是心非

口是心非不应该，
止步不前实悲哀，
十分懒散无长进，
又到何时才能改？

162 围歼

虫儿扑火必灭亡，
世间正道是沧桑，
十万敌军来势凶，
八方围歼消灭光。

163　乐开花

户户家家学文化，
文武双全本事大，
十里乡村迷人地，
八方游客乐开花。

164　喜

金色水稻翻波浪，
丰收田野心花放，
刀子磨利收水稻，
大喜过望奔小康。

谜底：159 翳　160 辐
161 歧（①qí ②qì）　162 蝶

165 天网

马儿飞奔漫天雪，
北风卷地白草折，
田野布下八万兵，
共撒天网把敌灭。

166 奉献

火红青春放光华，
点滴血汗为国洒，
一心开拓多奉献，
几多荆棘踩脚下。

167 酒厂

水好质优办酒厂，
厂房建在白云岗，
白云岗下有小泉，
小泉叮咚日夜淌。

168 金光大道

手拉手来意志坚，
一颗红心紧相连，
一起踏上金光道，
人多力大赋新篇。

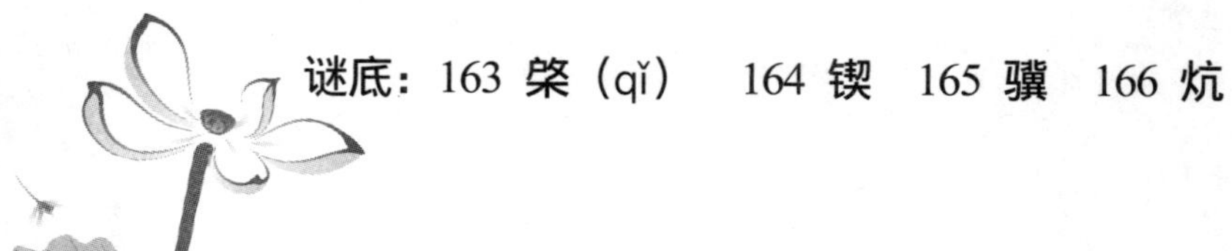

谜底：163 棨（qǐ） 164 锲 165 骥 166 炕

169 帆

草木葱茏花儿红，
大江滚滚流向东，
二月春风暖洋洋，
小小江帆入画中。

170 水

草色青青树重重，
水流弯弯声淙淙，
品尝一口清溪水，
木船醉入美梦中。

171 听涛

耳听万里江涛声，
点点春雨下不停，
点点江帆相竞渡，
天水一色入画屏。

172 干

口号空喊是空忙，
人要撸起袖子干，
干得日月换新天，
口碑载道传八方。

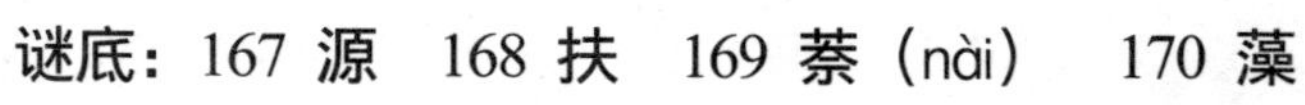

谜底：167 源　168 扶　169 萘（nài）　170 藻

173　踏天梯

足踏天梯往上登，
上有清泉洗白云，
小鸟吱喳谱新曲，
又跳又舞乐煞人。

174　望星空

人在高楼望天空，
上有星云在其中，
小星大星数不尽，
又有明月伴入梦。

175　喜盈盈

人在树荫慢慢行，
一片森林入画屏，
口技声引百鸟和，
鸟立枝头喜盈盈。

176　竞渡

门前大江滚滚流，
水面宽广好行舟，
千帆竞渡待号令，
口令一发冲前头。

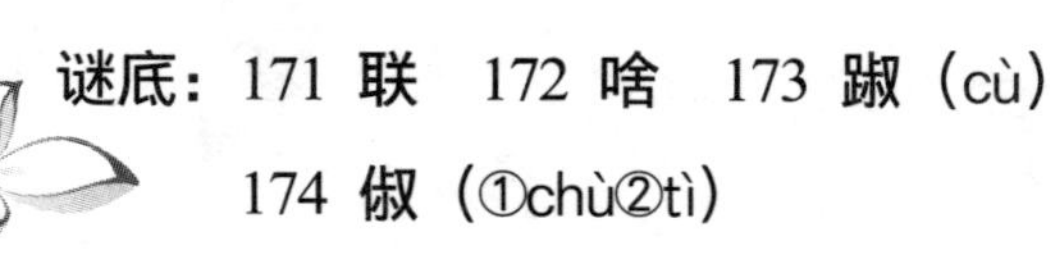

谜底： 171 **联**　172 **啥**　173 **踧**（cù）
174 **俶**（①chù②tì）

177 刀头之蜜

一生一世为人民，
夕阳虽近记初心，
刀头之蜜不可贪，
鸟为食亡是古训。

178 宝刀

口碑载道永难忘，
一把宝刀闪银光，
夕夕朝朝不释手，
刀美价廉数阳江。

179　好山村

口碑载道一山村，
白云蓝天碧水湍，
大片森林竹树茂，
十里花溪鱼满川。

180　新一页

水流清清绕京城，
日日京城水清清，
京城翻开新一页，
页页写满中国盛。

谜底：175 鸽　176 阔　177 趔（liè）　178 咧

181 蜜

十里油菜花儿黄，
八方蜜蜂来赶趟，
人临蜂箱忙取蜜，
云消雾散人更忙。

182 耳目一新

耳目一新是贝雕，
中央大厅正展销，
一心赶去看个够，
贝雕艺术实在妙。

183 高手登台

声乐风飘处处闻，
几多高手同台登，
又有大师来演出，
缶亦能奏好声音。

184 吹牛勿信

口吹牛皮不可信，
止步不前没长进，
大言不惭脸皮厚，
亏心事儿其干尽。

谜底：179 嗥（háo） 180 灏（hào）
181 桧 182 聩

185　心不老

草除虫除总除尽，
一天到晚忙出勤，
夕阳虽近心不老，
韭菜种得最惹人。

186　文明工厂

未登广告已出名，
文明工厂有名声，
厂里生产牛皮鞋，
牛皮鞋优销量升。

187 妙画

水深草茂鱼儿肥，
木荣花艳小鸟美，
日高云低白鹭飞，
一支彩笔难描绘。

188 神往

人来口岸观风光，
口岸风光似画廊，
十里画廊胜天堂，
八方游客最神往。

谜底：183 罄 184 跨 185 薤（xiè）
186 犛（máo）

189　丰收时节

至今难忘农技师，
三番五次搞测试，
人生欢乐知多少，
禾稻丰收得意时。

190　心连心

水有源来树有根，
足迹遍布连家门，
文化同源心相连，
口音乡音同基因。

191 米酒飘香

酉时来到大江边，
广阔原野景万千，
林木无边千山绿，
米酒飘香万家甜。

192 上学堂

月亮光光照池塘，
小桥流水日夜淌，
一轮红日出东方，
儿童高兴上学堂。

谜底：187 渣　188 保　189 臻　190 潞

193 放异彩

口岸风光真可爱，
止步沙滩寻蚌来，
穴中河蚌细细觅，
串串珍珠放异彩。

194 爱劳动

手脚勤快爱劳动，
米粮充足衣食丰，
女子持家更精心，
文章多彩情更浓。

195　可惜

口是心非没行动，
止步不前总放松，
比赛次次都失利，
十分可惜不用功。

196　神游

足迹遍布千万家，
山川神游乐无涯，
月落泰山待日出，
月出东海观浪打。

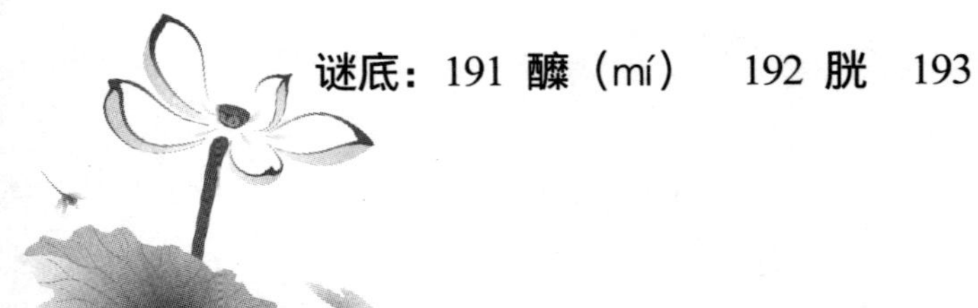

谜底：191 醾（mí）　192 胱　193 蹿　194 擞

197　勿忘初心

口心如一人欢畅，
止步不前莫要想，
日日苦练不放松，
勿忘初心斗志昂。

198　大地飞歌

金曲万首汇成河，
草绿水清波连波，
日新月异驰骏马，
大地飞歌万家和。

199　力无限

千山万水只等闲，
口歌一曲力无限，
立下家乡脱贫志，
十里乡亲破难关。

200　思亲

草原千里开百花，
立在湖边观朝霞，
日新月异奔小康，
心里总是思念家。

谜底：195 跸（bì）　196 蹦　197 踢　198 镆

201　精细算

食勿过量讲质量，
草勿伤根枯还长，
日子就要精细算，
大而不当景不长。

202　装公允

尸位误国虎蝇心，
共耍花招欺骗人，
几多横财入腰包，
又披画皮装公允。

203　武艺高

口歌一曲登舞台，
又耍魔术好精彩，
双双对打武艺高，
木棒翻飞天上来。

204　风雨同舟

西湖相逢情依依，
二人坠落爱河里，
小别你我同思念，
风雨同舟不分离。

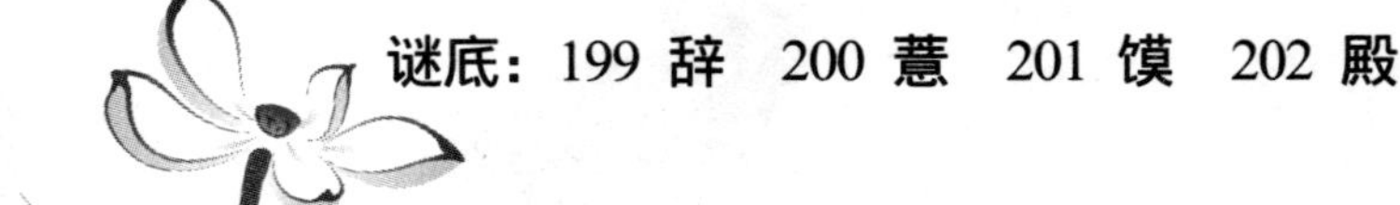

谜底： 199 辞　200 薏　201 馍　202 殿

205 求索

足踏大地望星空，
田野无边接苍穹，
十年上下苦求索，
八十万里乐无穷。

206 跨越

力压群芳气势雄，
口咬青山不放松，
十万大山能跨越，
八千江河搏浪峰。

207　桃花红

水流清清绕山村，
十里桃花格外艳，
口唱一曲百鸟和，
月异日新心里甜。

208　美

鱼美人是真正美，
口心一致心灵美，
口出良言语言美，
亏事不干行为美。

谜底： 203 嗓　204 飘　205 踝（huái）　206 架

209 弹指间

口岸建设跨骏马，
木棉花开锦添花，
日日撸起袖子干，
一弹指间一幅画。

210 一江春水

木楼雕龙又雕凤，
木船画柳又画松，
日照光移舟随影，
一江春水沐东风。

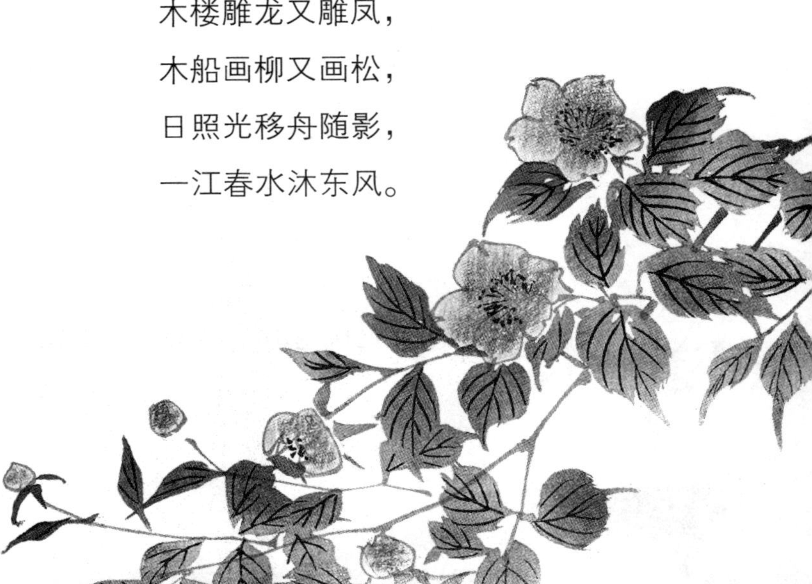

211 土地

土地肥沃庄稼旺，
日照时长多阳光，
四季花开百鸟鸣，
又有精美新楼房。

212 霞光

金黄稻子翻波浪，
西岭新房披霞光，
二条高速穿山过，
小镇飞速奔小康。

谜底：207 湖　208 鳄　209 喳　210 楂

213　竭力

手挥银锄竭力干，
草根除尽禾苗壮，
日日耕作不辞劳，
大显身手粮满仓。

214　广场

石板铺就大广场，
广场美名天下扬，
林荫名树大家赞，
石雕佳作众人赏。

215 金曲

金曲一唱传天涯，
草原千里驰骏马，
日新月异正兴盛，
大地绘成一幅画。

216 力

草原千里是我家，
力争第一跨骏马，
力量来自团结紧，
力度日比一日大。

谜底：211 墁 212 镖 213 摸 214 礳（mò）

217 军旗扬

水流日夜往上涨，
巨浪拍岸涛声响，
十里河堤尽加固，
八一军旗迎风扬。

218 西山

口哼小曲上西山，
西山山花正烂漫，
二人相见花丛中，
小溪淙淙把琴弹。

219　惜阴

草长大地日日新，
水流东海日夜奔，
甫得岗位须珍惜，
寸金难买寸光阴。

220　新公园

十顷土地建奇功，
八方支援来施工，
二年建成新公园，
儿童爱游乐其中。

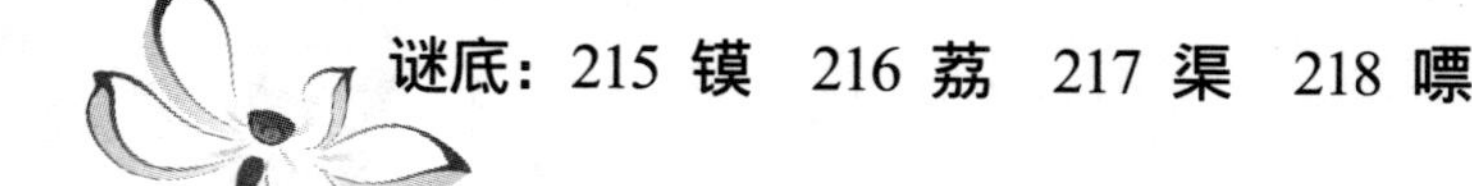

谜底：215 镆　216 荔　217 渠　218 嘌

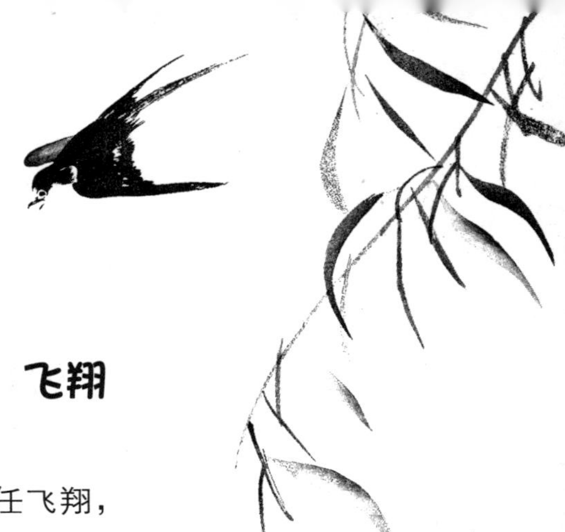

221　飞翔

广阔天地任飞翔，
人欢人笑百花香，
人爱科学勤钻研，
土地精耕多打粮。

222　货满

土地广阔大无边，
厂房建在大江前，
白天黑夜生产忙，
小船大船货满舱。

223 春浓

十万大山沐春风，
八桂大地春意浓，
又到一年春耕时，
寸土精耕不放松。

224 追寻新意

心系国家为人民，
日日月月苦追寻，
四时佳景孕美意，
又是一年大创新。

谜底：219 薄 220 杬（yuán） 221 座
222 塬（yuán）

225 诵诗书

水流清清鸟声声，
十里乡村百花盛，
一间学校特漂亮，
口诵诗书爱文明。

226 连

水深河大分两边，
一桥飞架紧相连，
十分方便物流畅，
一片繁华心里甜。

227　寸草如宝

牛羊悠然草绿色，
十里长坡飘牧笛，
一心放牧珍爱草，
寸草如宝尤爱惜。

228　除虫

害虫成灾危害大，
八方携手同除害，
人人除虫一条心，
口心如一除虫快。

谜底：223 树　224 慢　225 洁　226 汪

229　奋战

日夜轮流齐奋战，
日新月异美景添，
共建家园齐出力，
水通路通心里甜。

230　抗旱

衣衫湿透汗水多，
八方合力战旱魔，
人人同心齐努力，
口号震天壮山河。

231　茁壮长

六月一日儿童节，
一片欢腾好热烈，
日升月恒茁壮长，
心系祖国耀日月。

232　参军

小小竹排江中游，
一江春水向东流，
儿随乡亲去参军，
军队传统记心头。

谜底： 227 特　228 豁　229 曝　230 裕

233 水乡

水乡景色堪称美，
八里荷塘入画里，
人在画中采莲子，
口哼小曲情依依。

234 小河

一条小河林中过，
十座小桥卧碧波，
一行游人登小桥，
月移星闪轻舟泊。

235　大山

一座大山入云端，
十条山沟水流湍，
一行白鹭掠树过，
虎卧深山龙飞天。

236　一行诗

竹外桃花三两枝，
人观金鱼临鱼池，
一行游鱼慢慢过，
口吐莲花一行诗。

谜底：231 **意**　232 **辉**　233 **浴**　234 **玥**（yuè）

237　龙争虎斗

一个奇特运动场，
十支劲队来较量，
一场比赛鏖战急，
龙争虎斗不相让。

238　一方土地

一方土地披绿衣，
十幢高楼平地起，
一条大街中间过，
林荫大道如云绮。

239　马不停蹄

一把天梯登上天，
十万山川脚走遍，
一片丹心为国酬，
马不停蹄永向前。

240　同唱一首歌

一条高速连万户，
十万乡亲同一步，
一心同唱一首歌，
共奔小康幸福路。

谜底：235 琥　236 答　237 珑　238 琳

241 铁壁固

一座大山绕云雾，
十幢营房好威武，
一座拥军爱民桥，
军民团结铁壁固。

242 一颗红心

一颗红心向北京，
土地广袤绕长城，
日新月异添佳景，
京城万代传美名。

243 不同凡响

一歌唱来万歌和，
十船百船载满歌，
一条大河一路歌，
不同凡响欢乐多。

244 游名山

一座大山降人间，
十游百游总忘返，
一生酷爱名山游，
黄山归来不看山。

谜底：239 玛　240 珙　241 珲　242 璟

245　春常在

一花引来万花开，
十百千万花成海，
一花独放不是春，
文明花开春常在。

246　创新路

一心为国上征途，
十年寒窗不言苦，
一往无前求学问，
加倍努力创新路。

247 威名扬

一声号令箭出弦，
十架战机紧盯前，
一举歼灭来犯敌，
英姿飒爽威名扬。

248 寻路

一片云雾白茫茫，
十沟八壑水流淌，
一腔热血把路寻，
路在脚下走四方。

谜底：243 环　244 璜　245 玫　246 珈

249　久别相逢

一片碧草没尽头，
十年阔别思悠悠，
一朝相见无言语，
久别相逢泪双流。

250　居有其所

一个小区刚竣工，
十幢高楼入云中，
一同乔迁入新楼，
居有其所乐无穷。

251 比赛

一场比赛靠大家，
十方支援力量大，
一举成功夺金牌，
比赛胜利乐开花。

252 学校

一条大河山一座，
土地肥美米粮多，
二间学校最漂亮，
儿童上学乐呵呵。

谜底：247 瑛　248 璐　249 玖　250 琚

253 丹心

一片丹心为人民，
十问百问情意真，
一心一意奔小康，
民生冷暖最关心。

254 繁荣的大街

一条大街极繁荣，
十户百户高楼中，
一片欢声笑语里，
其乐融融沐春风。

255　侦察兵

一身铁骨热血涌，
十练百练下苦功，
一心当好侦察兵，
去无影来行无踪。

256　富

一条大河绕山流，
十座山峰手牵手，
一个乡村真幸运，
玉石连山富长久。

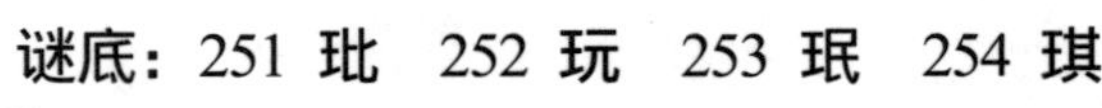

谜底：251 玭　252 玩　253 珉　254 琪

257　雪山

一座雪山高万丈，
十级大风沙雪扬，
一点困难算什么，
当兵意坚斗志昂。

258　慎言

一点不顺火星迸，
十劝不改伤脑筋，
一言不逊危害大，
可能伤透亲人心。

259　碧空明月

一轮明月挂碧空，
十组节目内容丰，
一夜晚会尽兴归，
丁兹盛世乐无穷。

260　风景照

手提相机上西山，
西山风景好灿烂，
二百照片留胜景，
小桥流水尽开颜。

谜底：255 珐　256 玥（yué）　257 珰　258 珂

261　捕鱼忙

鱼肥虾多满西江，
西江处处捕鱼忙，
二三渔船喜归来，
小康生活装满舱。

262　山花香

西山景色美名扬，
一排新屋特漂亮，
一条道路披绿荫，
十里山花分外香。

263　西溪

西溪河水日夜流，
一条石桥岁月久，
立在桥头观美景，
口唱山歌乐悠悠。

264　危转安

西边太阳下山岗，
一场风雪将飞降，
千百牛羊乱一团，
八方相助危转安。

谜底： 259 玎　260 摽　261 鳔　262 酐

265　齐奋力

西河突然遇洪水，
一时水涨未见退，
十方军民齐奋力，
口子刚现就堵回。

266　西河静

水流清清染朝霞，
西河静静连万家，
十座小桥伴流水，
八条小船捕鱼虾。

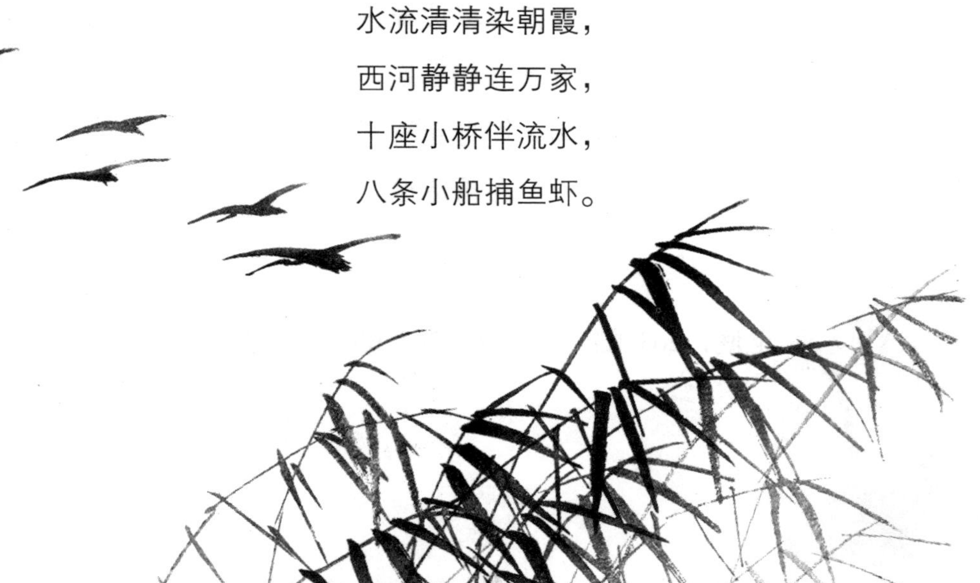

267 水天一色

水天一色阳光柔，
一叶扁舟随波流，
日月星辰水中影，
一排海鱼逐浪游。

268 富足

千山万水尽披绿，
八方十方称富足，
口诵新篇身起舞，
一心一意再造福。

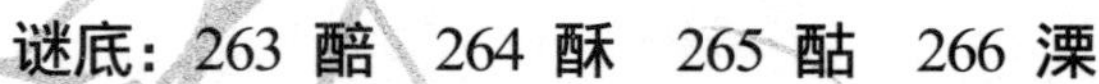

谜底：263 醅　264 酥　265 酤　266 溧

269　进百强

水流山涧叮咚响，
厂房建在山林上，
土法上马历史久，
土洋结合进百强。

270　勤奋

水流日夜无穷尽，
世事洞明皆学问，
十年积累不算多，
八方求师更要勤。

271 一个心思

一生一世在于勤，
十年百年求学问，
一个心思勤到底，
几番风雨不改心。

272 收获

水足土肥真喜人，
十分勤劳细耕耘，
豆瓜齐种生长旺，
寸土收获也欢欣。

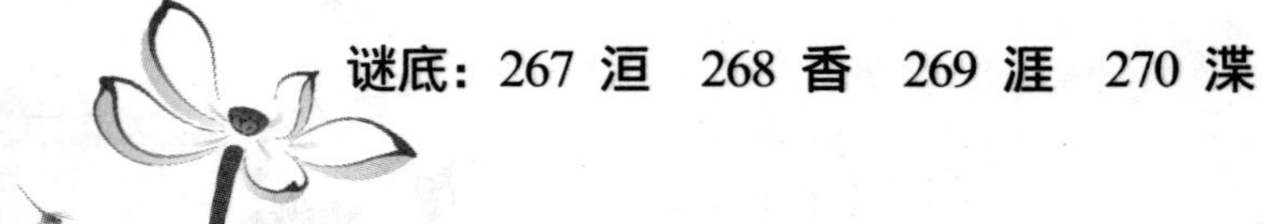

谜底： 267 洹　268 香　269 涯　270 渫

273 飞

山色空蒙雨亦奇，
厂房建在大山里。
一条高速利货运，
十分便捷快如飞。

274 火焰山

火焰山上温度高，
日头越猛越糟糕，
一天二十四小时，
十分炎热实难熬。

275 水帘洞

水帘洞深深几许，
穴中鱼多竟如此，
人入穴中捉游鱼，
口袋大张捕锦鲤。

276 稻浪

水足土肥禾苗壮，
禾熟万亩谷粒黄，
小鸟飞来啄谷粒，
月亮出来观稻浪。

谜底：271 玑 272 澍（shù） 273 岸 274 焊

277 水边人家

水边美满一人家，
夫唱妇随乐哈哈，
夫人持家有一手，
日子甜如哈密瓜。

278 刻舟求剑

水面宽阔水流慢，
一叶扁舟慢慢行，
夕阳西下天渐暗，
刀刻小舟求剑难。

279　鱼游西河

鱼游西河蹦蹦跳，
西河春色分外娇，
二叶轻舟画廊里，
小雨蒙蒙桨轻摇。

280　奋飞

鱼塘边上有人家，
三千人家携手拉，
人勤春早百业兴；
日日奋飞跨骏马。

谜底：275 溶　276 潲　277 潜　278 洌

281　同心

鱼塘发展搞科研，
白天黑夜轮流战，
干群同心撸袖干，
一天效果胜十天。

282　归来

门前流水一年年，
十年阔别梦里见，
八月归来逢中秋，
鸟喜人喜乐无边。

283 恋旧林

十年寒窗比辛勤，
口唱山歌爱高音，
月出总在东山上，
鸟飞一生恋旧林。

284 鱼游

鱼游忽西又忽东，
世间万物变无穷，
十天百天变化小，
八年十年大不同。

谜底： 279 鳔　280 鲭　281 鳇　282 鹇

285　夸

足迹遍布千万家，
文明行为顶呱呱，
口碑载道赞不绝，
鸟亦点头花也夸。

286　人登轻舟

人在江畔慢慢走，
三叶扁舟随波流，
人登轻舟歌且舞，
水随轻舟拂杨柳。

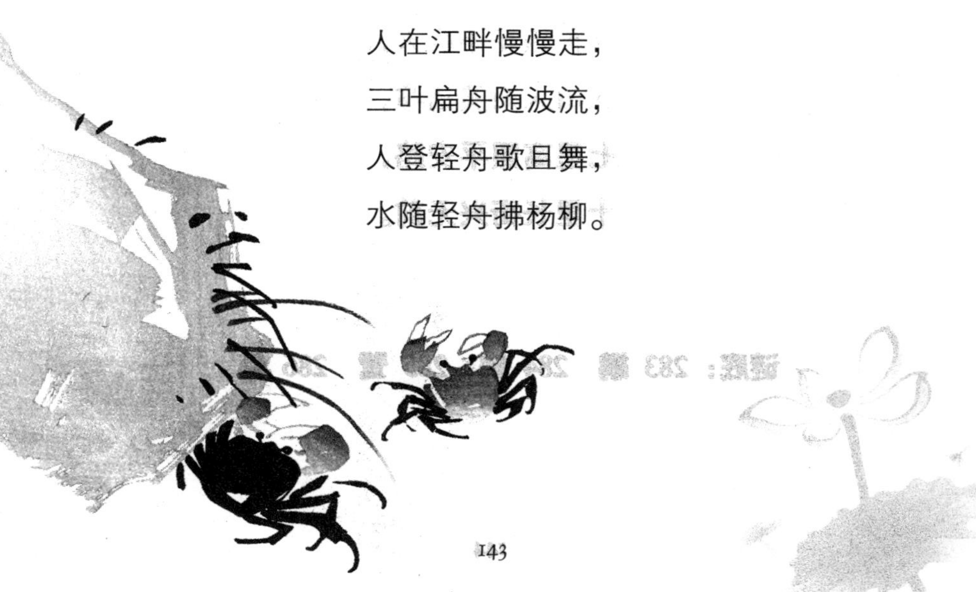

287　人心如一

人多力量大无边，
人心如一意志坚，
干字当头踏实地，
一片新貌现眼前。

288　火树银花

火树银花不夜天，
人山人海笑语喧，
七星高照平安路，
十里长街兴无前。

谜底：283 𪆷　284 鲽　285 鹭　286 傣

289 小景

人在湖边健步走，
十幢高楼入云头，
八条游船载满客，
一行白鹭落沙洲。

290 漫步

人爱公园漫步走，
一条绿荫遮日头，
人爱赏花护百草，
卉花满地铺锦绣。

291 唱

人人都爱唱山歌，
口唱山歌欢乐多，
十天百天唱不完，
八月八年千万箩。

292 种田

人人都想学种田，
田土精耕要在先，
田里杂草要拔尽，
田中害虫要除完。

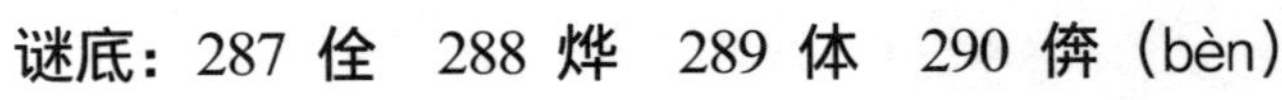

谜底：287 仝　288 烨　289 体　290 倴（bèn）

293 甜

水乡相识爱情生，
夫妻双双把家还，
夫妻恩爱苦也甜，
日子如蜜尽开颜。

294 风景如画

水乡风景美如画，
木船河中捕鱼虾，
木楼水边闻丝竹，
女子水边种百花。

295 爱土地

人立天地当主人，
广袤大地望无垠，
人爱土地长万物，
寸土如金细耕耘。

296 流水不腐

水流不腐水不臭，
一生运动病少有，
夕阳时光常活动，
刀子勤磨少生锈。

谜底：291 保 292 偪 293 潜 294 漤（lǎn）

297　种豆种瓜

十亩土地种豆子，
豆子长势很可喜，
十亩土地种冬瓜，
又种西瓜十亩几。

298　日落西山

日落西山月东升，
月照穴中现阴影，
穴中光线尚不足，
工程施工待天明。

299 波连波

十里画卷一条河，
一条玉带波连波，
日月星辰随水流，
一年一度秋风过。

300 大发

十只白鹅一只鸭，
一只鸭子嘎嘎嘎，
十座金山一座村，
一座村子发发发。

谜底：295 俯　296 洌（liè）　297 鼓
298 曌（zhào）

301 恋人心声

马上恋人情依依，
一辈相伴不分离，
人生道路虽曲折，
可知心里总有你。

302 诚信

人生在世讲诚信，
一泓清水见灵魂，
十年百年心不变，
一生一世存真心。

303　人在旅途

人在旅途越千山，
一往无前破万难，
口吟诗篇颂山河，
手拍美景留瞬间。

304　百花馨

水天一色平如镜，
草色青青百花馨，
一条游船款款行，
八方来客喜盈盈。

谜底：299 坦　300 圭　301 骑　302 全

305 万物春

日照大地万物春，
一行清风拂柳荫，
十里山村物华丰，
一寸土地一寸金。

306 土生土长

土生土长本地姜，
土生土长本地粮，
十万亩地传捷报，
一片丰收喜洋洋。

307　货如轮转

十条车道任奔驰，
一条高速连万市，
四面八方交通畅，
正是货如轮转时。

308　土地广阔

土地广阔大无边，
日新月异谱新篇，
四方高速互联网，
又有高铁紧相连。

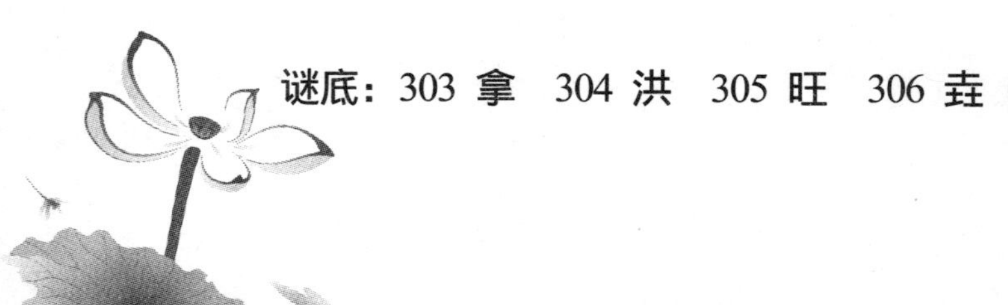

谜底：303 拿　304 洪　305 旺　306 垚（yáo）

309 厨师比赛

八名厨师来比赛，
刀工看谁最精彩，
十分钟内出结果，
一等奖品表一块。

310 科研

土法上马建工厂，
厂房建在大山旁，
白天夜晚搞科研，
小小工厂生产忙。

311 山与海

十座大山一片海，
一条高速穿过来，
月月有人爬大山，
月月有人游大海。

312 马

土生土长马勇猛，
一马当先万马腾，
日跑千里不停歇，
一往无前夺冠军。

谜底：307 堽（gāng） 308 墁（màn）
309 坌（bèn） 310 塬（yuán）

313 尺

手拿一把家用尺，
十寸一尺正合适，
一寸布料诚可贵，
寸布如金要珍惜。

314 锄

手握锄头锄田土，
日日锄禾日当午，
十年八年不辞劳，
一朝丰收受鼓舞。

315　不迷路

手扬马鞭不停蹄，
日夜飞驰总忘归，
一生坚韧勇无前，
十万大山路不迷。

316　步伐齐

手挥令下听指挥，
士气高涨步伐齐，
口心如一硬似铁，
页页历史放光辉。

谜底：311 堋（péng）　312 垣（yuán）
313 持　314 捏

317　银锄落

手挥铁臂银锄落，
米粮充足家家乐，
女子男子同心干，
文明花开色泽多。

318　手弹琵琶

手弹琵琶兴无前，
十条高速如琴弦，
一心一意奏妙曲，
口唱足舞乐翻天。

319　手牵手

手牵手来团结紧，
人人挥汗齐上阵，
一心发展循科学，
土石也要变成金。

320　畅通

手脚齐动快如风，
大桥改造告成功，
二条车道变八条，
小镇交通更畅通。

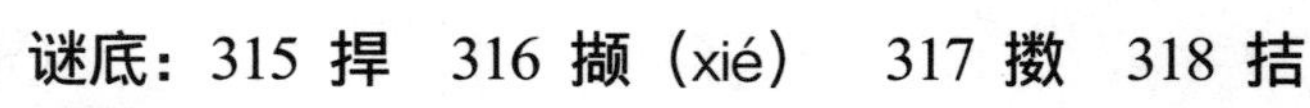
谜底：315 捍　316 撷（xié）　317 擞　318 拮

321 手攀铁索

手攀铁索慢慢登，
三清山高入云峰，
人在旅途快乐多，
天目山奇引探寻。

322 爱登山

手攀岩石登山峰，
草木长满山水中，
人爱大山草木荣，
木棉也爱迎客松。

323 种西瓜

手握锄头种西瓜，
西瓜长得特别大，
二人难以搬得动，
小儿更是没办法。

324 宜人

草色青青迎新春，
日照天下万家新，
大地回春日渐暖，
日照和煦最宜人。

谜底： 319 拴 320 捺 321 揍 322 搽

325 本地货

竹林如海满山坡，
白鹭一行竹梢过，
一队老乡挖竹笋，
土生土长本地货。

326 爱石

石头满山全是宝，
日月如梭石不老，
一寸石头不舍弃，
寸石珍惜价值高。

327 可爱

竹林一片绿葱葱，
西瓜一园翠茸茸，
十亩桂花分外香，
八亩莲叶碧无穷。

328 雁

草色青青没马蹄，
日出光辉照大地，
一行大雁蓝天过，
人人目送雁远飞。

谜底：323 摽 324 暮 325 篁（huáng） 326 碍

329　舟桥

月上东山银光照，
西河小舟轻轻摇，
二座小桥情人依，
小鱼水中静悄悄。

330　田野

田野一片绿葱葱，
土地肥沃利耕种，
十分精心洒汗水，
一年更比一年丰。

331　分外娇

十株龙眼八株蕉，
八株芭蕉叶飘飘，
一株李树十株桃，
十株桃花分外娇。

332　红彤彤

十亩白菜八亩蕹，
八亩蕹菜绿葱葱，
十亩丝瓜一亩椒，
一亩辣椒红彤彤。

谜底：327 篥（lì）　328 莫　329 膘　330 畦

333 车上高速

车上高速快如飞，
一路行驶春光里，
口歌一曲从天落，
田畴万里分外美。

334 山道弯弯

十年出游兴未尽，
八方遍踏喜攀登，
人走山道曲且远，
云遮雾罩石崚嶒。

335　黄鹤飞

十棵松树挺山坡，
八棵榕树叶婆娑，
立在树下仰天望，
十只黄鹤云边过。

336　流芳

水来堤决迅速挡，
口坚心坚骨如钢，
一生无私献给党，
业成功就名流芳。

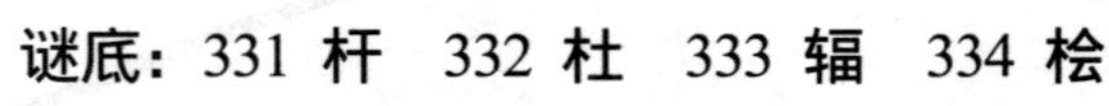
谜底：331 杆　332 杜　333 辐　334 桧

337　浑身胆

千军万马上战场，
八方围拢把敌歼，
一心报国浑身胆，
十二万分意志坚。

338　仙境

白云飞驰如骏马，
一群彩蝶似朝霞，
人入仙境成天仙，
十分美好胜图画。

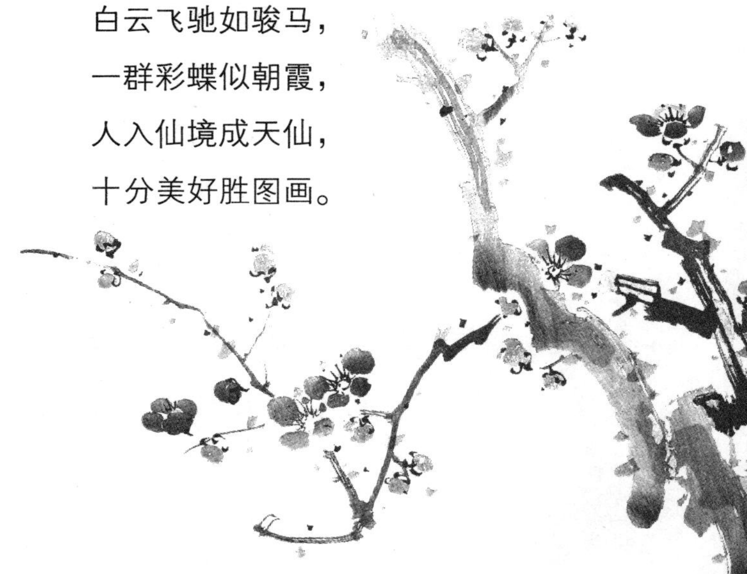

339　流萤

点点流萤落厂前，
厂里树林一大片，
林荫大道铺石板，
石板平整紧相连。

340　领风骚

十村办厂重环保，
八条河流保护好，
厂厂除污高科技，
力压群芳领风骚。

谜底：335 梓　336 湿　337 秆　338 皋

341　逛新城

三条大街新落成，
人观新街喜盈盈，
千里高速联小镇，
八方游客逛新城。

342　情

言语真切情意深，
西窗话别刻在心，
日月流逝情不减，
十载阔别情益增。

343 领先

点点春雨落田间，
厂里厂外百花鲜，
十分精心育人才，
一向质量都领先。

344 鱼鹰

点点流萤江岸过，
点点渔火逐浪波，
十条竹排放鱼鹰，
八方游鱼无处躲。

谜底：339 磨　340 枥　341 秦　342 谭

345 攻坚

点点春雨洒心田，
厂家奋力勇攻坚，
一心进取埋头干，
人人壮志冲云天。

346 小草

点点飞雪飘江边，
一派春光满田园，
口岸逢春增美色，
小草赶来献绿茵。

347　一山飞峙

一山飞峙大江边，
点点浪花落窗前，
点点瑞雪迎春到，
十里江岸花草鲜。

348　雨中行车

万水千山春意浓，
中间一路高铁通，
一场春雨伴车行，
点点滴滴醉入梦。

谜底： 343 庄　344 米　345 庆　346 京

349　电厂

点滴建议当宝典，
厂里生产制度严，
大家戮力同心干，
电力供应总领先。

350　非同寻常

非同寻常下苦功，
中流击水波浪涌，
一心泳赛执牛耳，
点滴时间不放松。

351　智造多

中关村里真不错，
一流人才善琢磨，
点点积累学问丰，
知识充实智造多。

352　赶种

中间一片好田垌，
一场春雨乐融融，
点滴春雨贵如油，
齐心下地赶耕种。

谜底：347 平　348 虿（chài）
349 庵（ān）　350 蜚（①fēi②fěi）

353　乐

中村种果有经验，
一村老少爱钻研，
点滴经验尽积累，
果实满村乐丰年。

354　艳

人行世外桃花源，
点点桃花落水边，
点点春雨湿衣衫，
十里桃花分外艳。

355 衣食

食勿过饱七八分，
日日进食时要准，
四季着衣要适宜，
又要活动才精神。

356 山清水秀

金山银山诚可贵，
山清水秀人尤迷，
月照东山山更青，
月洒西江水最美。

谜底： 351 蜘　352 蛴（qí）　353 蜾（guǒ）
354 伞

357 一片丹心

火红青春放光华，
中国处处是我家，
一片丹心献人民，
点滴心血为国洒。

358 水清石出

水清石出鱼可数，
草长林深鸟相呼，
日照长空光万里，
大雁人字上征途。

359　一家亲

十一国庆乐无涯，
一片欢腾跨骏马，
中华民族一家亲，
一同建设大中华。

360　雨中草色

雨中草色绿锦铺，
足行千里不觉苦，
文化苦旅成乐旅，
口哼小曲上征途。

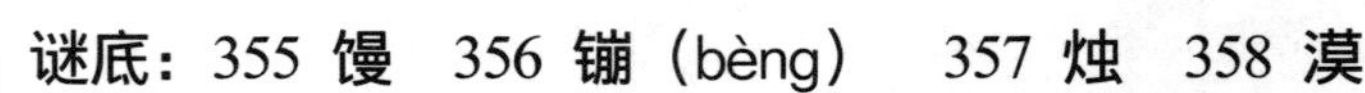
谜底：355 馒　356 镚（bèng）　357 烛　358 漠

361 口口香

鱼虾满桌任品尝，
十人一桌喜洋洋，
一一敬酒一一谢，
口口米饭口口香。

362 落梅花

金秋迁客去长沙，
西望长安不见家，
二人楼中吹玉笛，
小城五月落梅花。

363 逐浪高

西江千里风光好，
二月春风似剪刀，
小城动人故事多，
风生水起逐浪高。

364 竹树满山

竹树满山绿葱葱，
共创伟业乐融融，
一心一意齐奋斗，
一起同筑中国梦。

谜底：359 坤 360 露 361 鲒（jié） 362 镖

365 凯歌

中国登上新航船，
一往无前意志坚，
点滴力量齐凝聚，
曲曲凯歌奏不完。

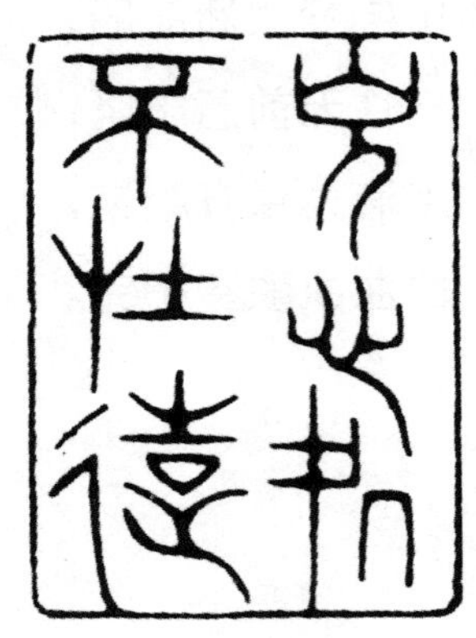

谜底：363 飘　364 箕　365 蚰